엄마 안녕

엄마 안녕

2025년 4월 10일 초판 1쇄 인쇄
2025년 4월 22일 초판 1쇄 발행

지은이 | 이임순
펴낸이 | 孫貞順

펴낸곳 | 도서출판 모아드림
　　　　(03756) 서울 서대문구 북아현로6길 50
　　　　전화 | 02)365-8111~2　팩스 | 02)365-8110
　　　　이메일 | cultura@cultura.co.kr
　　　　홈페이지 | www.cultura.co.kr
　　　　등록번호 | 제2-2264호(1996.10.24)

편집 | 손희 김치성 설재원
디자인 | 오경은 이동홍
영업 | 박영민
관리 | 이용승

ISBN 978-89-5664-187-4 (03810)

* 잘못된 책은 구입하신 서점에서 바꾸어 드립니다.

값 12,000원

모아드림 기획시선 153

엄마 안녕

이임순 시집

모아드림

미국에서의 삶이 어느덧 삼십 년을 넘겼다. 두 아이를 정성 껏 키우고, 남편을 내조하며 하루하루를 채워왔다. 그렇게 오 랜 시간 '누군가의 아내, 누군가의 엄마'로 살아왔다. 하지만 아이들이 집을 떠난 뒤, 내 삶은 조금씩 세상을 향해 날개를 펴기 시작했다.

문학을 공부하며 나는 나 자신을 다시 마주했다. 남편과 함 께 나누는 식탁 위의 문학 이야기가 일상이 되었고, 글을 쓰면 서 삶을 새롭게 바라볼 수 있었다. 어떻게 사는 것이 잘 사는 것인지 정답은 알 수 없지만, 지금의 나는 적어도 한 가지는 분명히 깨닫는다. 주어진 시간을 감사히 여기며, 온전한 마음 으로 삶을 관조하는 것. 누가 뭐라 해도 나만의 걸음으로 조용 히, 그리고 담담히 걸어가는 것.

나의 부족한 작품들이 세상으로 나올 수 있도록 따뜻한 격 려와 조언을 아끼지 않으신 김종회 교수님께 깊이 감사드린 다. 그리고 언제나 내 곁에서 묵묵히 함께 걸어주는 남편, 멀 리서도 '엄마는 할 수 있다'며 용기를 주는 웅희와 시연이, 사 랑하는 가족들에게도 마음 깊이 고마움을 전한다.

삶에는 저마다의 계절이 있다. 그리고 지금, 내게도 새로운 봄이 찾아왔다.

2025년 봄날에
이임순(Im Soon Lee, 김임순)

차 례

시인의 말

1부
You Are My Sunshine

1부

You Are My Sunshine

엄마 안녕

엄마 안녕!
엄마의 서글픈 주름들도 안녕
엄마의 뒤죽박죽 헝클어진 머릿속도 안녕
엄마의 파스 칠로 얼룩진 공간도 안녕

엄마와의 치열했던 34일 동안의 동거를 끝냈다

나는 엄마의 품을 떠나
비행기의 아늑함 속으로 빠져들었다
나 어찌하여 엄마보다 비행기가 더 편안하게 되었을까

아프다
서글프다
아이러니다

자식을 위해 모든 걸 내어주느라
비워지고 앙상해진 엄마의 머릿속
기억마저 빼앗긴
가엾은 나의 엄마

엄마,
나 다시 돌아올 그때까지
잊지 말고 기억해 줘
엄마 안녕!

끼룩끼룩, 해고양이*

엄마의 이마 위에 작은 해고양이가 날아들었다
한 마리, 두 마리, 세 마리

어느 날, 그놈들이 더 날아왔다
이제는 눈가에도 앉고 입가에도 둥지를 틀었다
어느새 해고양이는 아홉 마리가 되었다

세월이 흘러 다시 바라본 엄마의 얼굴
해고양이들은 더 커졌고 새끼까지 낳아 기르고 있었다
엄마의 얼굴은 더 이상 내가 알던 엄마가 아니었다
온통 끼룩끼룩 해고양이들의 세상이 되어버렸다

그놈들을 몽땅 쫓아내고 싶었다
세월을 거슬러 엄마 얼굴에 해고양이가 날아들지 못하게
할 수 있다면
얼마나 좋을까

그러나 엄마가 나를 낳던 그 나이가 되어보니 알게 되었다
엄마의 얼굴에 해고양이가 둥지를 튼 이유를

자식을 하나둘 품에 안을 때마다 해고양이도 함께 날아들

었구나
　아홉 명의 자식이 자라는 동안 해고양이도 아홉 마리가
되었다

　엄마는 결국 아홉 명의 자식과 아홉 마리의 해고양이를
함께 길렀다

　기쁨 하나, 고생 하나
　그러나 기쁨은 이내 바람처럼 사라지고 고생은 바다처럼
깊어졌다

　엄마 나이 아흔쯤 엄마의 머릿속에도 해고양이가 날아들
었다
　도대체 이놈들은 얼마나 더 많아질 작정인지
　엄마의 삶은 해고양이를 품고, 기르며 결국 그들과 함께
떠나는 일이 되려나 보다

　이제는 안다
　엄마의 해고양이는 바람을 따라 날아간 엄마의 인생이었
다는 것을.

　* 해고양이: 갈매기의 순우리말

별이 되신 당신께

일주일 전 병원에서는 할 수 있는 걸 다 했다며 손을 놓았다
호스피스냐, 집이냐 퇴원을 명하는 의료진의 말에 절망에
빠진 가족들
오! 하나님,
어떻게 하는 것이 옳은 선택인가요

한 달 전 호흡의 장막에 갇힌 고통의 시작으로 입원과 수
술, 재입원과 재수술이 반복되고 거기에 독감이 급습하면서
폐렴으로 진퇴양난

급기야 물을 삼킬 수도 없는 지경에 이르고 말 한마디 하
지 못한 채
입은 더 이상 말이 아니라 남은 숨을 위한 문일 뿐

자식들은 선택의 기로에 서서 힘든 결정을 내리고
바로 어제 당신이 가장 좋아하시던 거실 그 자리에
환자용 침대를 의지해 안식을 꿈꾸셨다
고통으로 일그러진 당신의 얼굴에서 다소나마 편안함이
묻어났다

천둥 같은 애도를 예감하며 우리는 순간의 고요를 품었다

새벽녘 시어머니의 목소리가 귓가에 선명하게 들렸다
"아이야, 힘들다 참말로 힘들어 너무나 고통스러워 죽을 것 같구나!
어쩌면 이렇게도 힘든지 몰라"

그게 꿈인지 생시인지 환청인지 시어머니의 고통에 찬 신음이 귓가에 들려
놀란 마음에 일어나 보니 새벽녘, 갈피를 잡지 못하는 심장을 달래가며
간절한 기도를 드렸다

"새벽녘, 어머니가 떠나셨다고 하네요"
남편의 담담한 목소리, 그 안에 처절함이 묻어 있었다

당신은 저에게 비너스보다 더 환하게 빛나던 별이었어요
낯선 이국에서 제일 먼저 손 내밀어 친구가 되어주고 매일 안부 전화를 해주시고

첫 아이 태몽을 꾸어주시고 내 가족의 기쁜 소식에 나보다 더 기뻐해 주시던 당신

오늘 아침,
2024년 1월 18일
당신을 이렇게 천국으로 보내드립니다.
당신의 변함없던 그 참 사랑 오래오래 기억하며 살아가겠습니다

사랑합니다
고맙습니다
존경합니다
성요순,
나의 시어머니여!

그이

마사지 의자에 누운 그이
그의 옆모습에서 가을을 본다

창밖에는 여전히 초록이 우거져 있는데
푸르게 빛나던 그는
오래전 내 아버지가 그러셨듯이
머리카락은 회색빛을 찾아 나서고
얼굴은 점점 생기를 잃어간다
늘 청년일 줄 알았는데

그이에게 혹
내가 모르는 고민이 있나
뜻 모를 외로움이 찾아 들었나

힘들어 하지 말아요 그대
외로워 말아요 그대
내가 늘 함께 할게요

우리
오래오래
이른 아침의 입맞춤 놓지 말고 살아요.

솔가지

내 어릴 적 똥꼬는 늘 문을 단단히 닫고 살았다
나 혼자 아무리 두드려도 쉽게 열릴 생각이 없었다

그날도 아픈 배를 쥐어뜯으며 꼼짝없이 갇혀 있던 나
멀리서 다가오는 아버지의 실루엣을 보고 두 팔을 벌려
달려갔다

"아부지, 나 응가가 안 나와…"
"어디 보자, 내 새끼."

아버지는 신작로를 지나 숲으로 들어가 힘센 손으로 작은
솔가지 하나를 꺾어 들고
내 뒤에 앉으셨다

"자, 이제 힘 줘봐."

꼬마는 울상을 지으며 있는 힘껏 길을 열려 했지만 속수
무책이었다

걱정 가득한 아부지가 조심스레 길을 터주자 굳게 닫혔던

문이 살며시 열렸다

"으으응… 아부지…"

시간이 얼마나 지났을까
뱃속에 갇혀 있던 것들이 서서히 문턱을 넘어 길을 찾아
갔다

뱃속에 차 있던 어둠이 사라지고 따뜻한 빛이 차올랐다

그날 이후, 나는 솔가지를 볼 때마다 아버지의 손길이 떠
오른다

굵은 손마디, 거친 손바닥, 그러나 누구보다 다정했던 손

지금은 만질 수 없는 그 손
지금은 불러도 메아리뿐인 그 이름

하지만 부러진 솔가지 하나에도 아버지는 여전히 계신다.

손녀가 된 딸

칼날 같던 겨울이 물러가고
어린 시절 앞산을 곱게 물들이던 진달래가
장안구청 앞 귀퉁이에서 살랑거린다

진달래를 닮은 철쭉도
여린 잎을 살며시 펼치며
세상에 나올 준비를 한다

하지만 엄마는
자꾸만 겨울을 향해
더딘 발걸음을 하고 있다

엄마의 기억은
봄바람에 흩날리는 꽃잎처럼 희미해지고
나의 이름, 나의 존재마저도
잊혀져 간다

막내딸의 손길 속에서도
막내딸을 자꾸만 손녀로 부르는 엄마

내 손끝으로
엄마의 얼굴을 부드럽게 어루만지고
손톱과 발톱을 다듬어
색색의 매니큐어를 칠해 주면

나를 보며 환하게 웃는다
"고맙다, 손녀야"

엄마는 내 손을 꼭 잡고
살며시 손등을 쓰다듬으며 말한다
"우리 손녀, 울지 마라

나는 울지 않겠다고 고개를 끄덕이지만
어느 새 두 볼이 뜨겁게 젖어든다

그러나
울어도 소용이 없다
나는 여전히
엄마의 손녀일 뿐이니까.

처음이자 마지막 선물

아이야,
이리 와 앉아봐라
며느리를 부르는 시어머니의 다정한 목소리가 귓가에 앉
는다

어머니는 바퀴 두 개짜리 자가용 워커를 불렀다
워커는 검고 작은 비닐봉지들을 주렁주렁 매달고 어머니
의 비서 임무를 수행 중이다

어머니는 보물찾기하는 아이처럼 비닐 속을 휘휘 저어댄다

어머니의 손이 움직이는 대로 며느리는 낚시꾼의 마음이
되어 기다린다

어머니는 흐르는 세월에 감각마저 나이를 먹은 걸까
한참이 지나서야 원하는 걸 찾은 건지 표정이 밝다

어머니의 손에 잡혀온 건 상아색 기다란 보석 박스

아이야,
지난 긴 세월 동안 네가 날 위해 해준 많은 것 내가 모두
기억하고 있어
너에게 일일이 말하지 않았지만 늘 고마웠다

잠시 침묵이 다녀간다
어머니의 입속에서 가지런히 나열한 틀니들이 하얀 미소
를 보낸다

보석 박스가 문을 열고 나와 빛바랜 금색 손목시계와
천 달러 주고 샀다는 진주목걸이를 내민다

어머니…,
며느리는 말을 삼켰고
가슴에는 작은 물길이 생겼다.

엄마의 보석함

한땐 너도 귀하디귀한 몸이었지
엄마의 소중한 것들을 품고
장롱 속 가장 깊은 곳에 자리 잡고는
남들 몰래
엄마에게만 조심조심 그 모습을 드러냈지

그런데 어쩌면 좋으니
엄마가 떠나고 없는 엄마의 집에서
이제 누구도 널 귀하게 보지 않아
더 이상 너는 빛나는 보석함이 아닌
버려진 상자가 되어
구석을 맴돌고 있어

하지만 너무 슬퍼하지 마
네가 슬픈 만큼 나도 슬퍼
이제는 나도
엄마를 맘대로 부를 수 없어

우리
다음 세상에서는
엄마의 손가락이 되어 태어나자
그러면 우리
영원히 함께할 수 있잖아.

나의 강아지야!

한 송이의 하얀 꽃처럼 유난히 희고 맑은 얼굴
열두 시간을 자고 일어나도 울지 않던 순한 아이

갓난아기 적부터 울음소리가 없던 너를 보며 나는 생각했지
넌 노래를 부를 줄 모를 거라고

그런데 어느 날 추석맞이 노래자랑 무대 위에서
돛단배가 달빛에 실려 흔들리듯
너의 목소리는 밤하늘을 수놓은 은하수처럼 찬란한 선율
로 청중의 마음을 적셨지

그제야 알았지 내가 몰랐던 너라는 아이의 깊이를

그날 넌 한국 왕복 비행기표를 받았어

아빠의 따뜻한 기운을 타고난 듯
너의 마음엔 늘 봄 햇살이 내려앉고
아픔은 조용히 가슴 속에 숨기는
그래서 더욱 애틋한,
그래서 더 안아주고 싶은 너였지

어느 날 밤,
캄캄한 방 한구석에서 소리 죽여 울던 엄마에게
작은 두 팔을 내밀어 엄마를 토닥이던 너

그 순간 나는 아이가 되고 너는 엄마가 되었지

꺼억꺼억 아이처럼 목 놓아 울던 밤
내 키의 반도 안 되는 가녀린 너의 품에 안겨 한없이 무너
졌던 날

그렇게 너는 엄마에게 햇살을 머금고
바람을 막아주는 커다란 나무가 되었단다

힘들 때 제일 먼저 떠오르는 사람,
매일 기적처럼 잔잔한 기쁨을 안겨주는 너

넌 내게 세상에서 가장 다정한 별빛 같은 친구란다

내 딸, 내 강아지야!

엄마의 하늘

오늘은 어떤 하늘이 펼쳐질까
엄마의 머릿속 하늘은
세상에서 가장 변화무쌍한 곳

이른 아침
죽을 눈앞에 두고도
밥을 찾는 하늘
막내딸별을 사촌 여동생별과 바꿔 놓고
길을 헤매는 하늘

언제 시커먼 구름이 푸른빛을 덮을지
언제 햇살 어린 하늘이
미소 지으며 땅을 내려 볼지

엄마의 하늘은
종일토록 구름을 품었다 흘려보낸다
기억의 조각들이 떠돌다
이내 어디론가 흩어진다

막내딸별은 두 손을 모은다
엄마의 하늘이 부디
오랫동안 맑기를.

봄날의 눈물

봄이 왔다
그의 코가 운다
소리를 내며 운다
콧물을 흘리며 운다

봄꽃이 웃으면
그의 코는 울고
잔디가 초록빛으로 물들면
그의 눈은 붉어진다
나뭇가지에 연둣빛 싹이 오르면
그의 하루는 눈물에 젖는다

코를 간지럽히는 봄바람이 싫다고 운다

봄이 피어날수록 그는 시들어간다
한 송이 시든 꽃처럼.

한 걸음, 또 한 걸음

차에서 내려
엄마를 부축했다
나에게도 낯설고 거대한 요양원의 철문 앞
엄마의 눈빛이 흔들리고
발걸음은 얼음처럼 굳었다

입술은 떨리고
얼굴엔 그림자가 스며든다

내가 지금 무슨 짓을 하는 걸까
현대판 고려장을 감행하는 게 아닌가

몇 날 며칠을 설명하고 설득했지만
이 순간
모든 말이 바람처럼 흩어지고
오직 엄마의 불안한 눈동자만
내 가슴에 박힌다

잠옷 차림으로 집을 나섰다가

길을 잃었던 날
그날 이후
나는 이 결론을 내렸다

엄마의 팔을 붙든 손에 힘이 들어간다

한 걸음
또 한 걸음
싸늘한 요양원 정문을 향해 좀비처럼 걷는다
한 발짝 뒤로 물러났던 엄마의 두 발도 철문을 넘어섰다

나는 불효녀입니다
그렇게 수없이 자책하면서도
엄마를 위함이라 되뇌며
뜨거운 눈물을 삼켰다.

나를 닮은 너

너를 향해 가는 길
길가의 나무들은 흔들흔들
하늘가의 바람은 하늘하늘
내 마음 곡조 맞춰 춤을 추고
내 마음은 벌써 너에게 가 있다

너를 만나
그 사이 낯설어진
너의 손을 잡고
헤어졌던 시간만큼 간절한 마음으로
너를 안고
코끝에 다가서는 진한
너의 향기로 호흡하노라면

흩어진 행복의 조각들이
유령처럼 모여든다
그리고 내 곁에 어슬렁어슬렁 다가와
커다란 행복의 덩어리가 되어
내 입가에 미소를 만들고
행복의 강줄기가 되어 흐른다

지금은 멀리에 있어도
너는 항상 내 마음에 자리하고 있어
나의 분신
나를 닮아
나보다 더 나를 잘 아는 행복 전도사
너는 이 세상에서 내가 가진 가장 큰 기쁨이며
내 삶의 모든 것이란다.

송지우, 사랑해

사랑한다는 말만 들으면 질색하고
손사래 치며 눈물을 보이던 너
누구에게도 달려가 안기는 법이 없었지
안아 달라 말하는 건 어른들의 욕심이라는 듯
작은 입술을 꾹 다물고 삐죽대던 너

옷도 신발도 가방도 머리핀도 머리띠도
모두 엘사로 둘러싸인 너
세상은 너와 엘사만을 위해 존재하는 듯

미국에 온다기에
어떻게 맞이해야 할지 몇 달을 고민했지

시간이 흘러 네가 왔어
그런데 그 사이 무슨 일이 있었던 거야
달려와 안아주고
눈을 반짝이며 내 말을 듣고
두 손을 잡아주던 너

아직 한글을 읽지도 쓰지도 못하는 네가
오늘은 내 이름을 그려오고
네가 좋아하는 스티커도 잔뜩 붙여왔어

한국에 잘 다녀오라며
조금 쑥스러운 듯 나를 포옹하고
수줍은 미소를 남겨두고 갔지

나 너 정말 사랑해
너라는 작은 별 하나가 내 안에 반짝이고 있어
매력덩어리 너.

울보 엄마

아침 햇살과 함께 밥상을 차렸다
매일 정신 줄이 널뛰기하는
아흔둘 엄마를 위한 밥상이다

엄마는 밥숟가락을 들기 전
휴지로 눈가를 꾹꾹 누르며
울음을 삼킨다
그러다 밥 한 숟가락을 입에 넣더니
꼬꾸라지듯 엎드려
아이처럼 울어댄다

다시 허리를 세우고
밥 두어 숟가락을 뜨더니
울음이 쏟아지기 시작한다

일순간 울음을 뚝 그친 엄마
반찬 한 조각 남기지 않고
그릇을 비운다

그때 약 한 알이
상 밑으로 또르르 굴러
엄마 무릎 밑에 가 숨는다
엄마는 그것도 모르고
손등으로 입가를 닦는다

밥도 약도 끝났다

잠시 후,
엄마의 울음은 커지고 커져
현관문을 넘는다

누가 나를 이렇게 생각해 주느냐!
세상에 이런 밥상이 어디 있느냐!
오래 살아서 어쩌면 좋으냐!

Best Friend

적당히 코끝을 어루만지는 짭조름한 바다 내음
들릴 듯 말 듯 두 귀를 간지럽히는 갈매기의 노랫소리

겉모습은 까맣게 깍쟁이인데
목소리는 매력적인 저음의
pier의 침입자
까마귀의 노래

거침없이 모래밭을 향해 질주하는 파도의 거친 춤사위
가느다랗게 불어오는 바닷바람

우리 함께 갔지 그곳에
세상 무엇과도 바꿀 수 없는 그대와

행복이 스며들어 감기는 눈
오래오래 그대 곁에 머물고파

나의 친구
나의 모든 것.

Smiling Bear

쿵 쿵쿵 고향 집 앞산을 뒤흔드는 소리
엄마야, 너무나 두려워 뒤돌아보지 못하고 앞으로 앞으로
만 달려갔어

족히 십 리 정도는 달렸을 거야
논두렁 밭두렁을 지나고 시골집 토방 밑으로 몸을 구겨
넣었어

고요가 강물처럼 흐르고 적막이 서서히 고개를 내밀 때
가만히 마당을 엿보려는 내 코앞에

엄마야, 앞산보다 더 큰 곰이 낮은 포복을 하고
날 응시하는 거야

유난히 반짝이는 몸을 가진
몸은 곰인데 얼굴은 사람이었어

날 세상에서 가장 사랑해 주며 품어주던 그의 얼굴
두 눈 끝이 유난히 하회탈을 닮은 하염없이 날 보며 웃어

주는 곰의 얼굴

　넌 곰이었어
　앞산보다 더 큰 곰

　세상에 큰 기쁨을 줄 한없이 인내하며 살아갈 신화 속 웅
녀와도 같은 아이가
　올 거라 믿었어

　넌 그렇게 우리에게 왔어
　그 앞산보다 더 큰 곰을 잊지 못해
　너의 이름은 곰의 미소,
　Smiling Bear가 되었지.

You are my sunshine

운전하는 엄마의 팔을 당겨
가늘고 작은 손을 내밀어
엄마의 커다란 손가락 사이에 깍지를 끼어야만 잠이 들
던 너

시간이 마법을 부려 아빠처럼
거뭇거뭇 구레나룻이 생겼어
늘 예쁘기만 했던 너는 이제
사나이처럼 멋진 모습으로 나를 놀라게 하곤 해

멀리 집을 떠나 지내다가
어쩌다 집에 와 머물면
앞치마를 두르고 주방에서
맛있는 음식과 달콤한 디저트를 준비해
기쁨과 감동을 선물하는 너

엄마의 장난에 맞장구쳐
해맑은 웃음으로 화답하는 사랑스러운 너

자식은 눈에 넣어도 아프지 않다는 그 말이
무엇인지 절실히 깨닫게 해준 너

사랑해
사랑해
이 세상 다하는 날까지 널 사랑할 거야
아니, 천국에 있어도 널 그리며 사랑할 거야

엄마의 아이로 태어나줘서
정말 고마워
You are my sunshine~

비와 그리움

억수같이 내리는 비는
억울했던 내 마음 풀어주려는
시원한 비

추적추적 내리는 비는
추운 날 고구마 쪄놓고 기다리던
울 엄마 생각나게 하는 비

소리 없이 내리는 비는
하염없이 그리운 그 사람 불러오는
눈물 섞인 비

비야,
하루 종일 내려라
시원함도
엄마도
그 사람도
내 곁에 머물도록.

그림자의 무게

크고 못생긴 발을 가진 여자
예쁜 신발을 신어본 적이 없다며
혼자서 불만을 토해내고
신발 가게를 지날 때마다
자신을 세상으로 인도해준 엄마를 원망했다

어두운 객석
그녀는 뮤지컬을 보러 갔다
그때 발밑에서 둔탁한 움직임이 느껴졌다
그러나 신경 쓰지 않았다

뮤지컬이 끝나고 일어서는 여자
한발 앞서 걸음을 떼는 사람의 뒷모습이 어색하다
목발을 어깨 밑에 받치고 뒤뚱거리며 걷는 사람
빈 공간을 감싼 바짓가랑이만
허공에 스친다
앞 사람의 오른쪽 다리가 없다.

길 위의 눈물

머나먼 타국살이
온몸 가득 눈물로 채운 세월
고향의 황토 수박밭 언저리에 묻어둔
아홉 형제자매의 추억이
수박 덩굴 되어 이리저리 뻗어간다

삶의 반을 타국에서 살아왔건만
하늘이 흩어놓은 언어의 혼돈으로
벙어리처럼 살아야 했고
낯선 이국의 문화는
사십 년 광야를 떠돌던 이스라엘 백성의
마음을 맛보아야 했다

늘 새로운 음식에 혀를 다독이고
어디서 날아올지 모르는 총알을 의식하며
매일 익숙한 듯 새로운 세계와 마주한다

30년 타국살이
점점 흐려지는 기억 속에

추억은 여전히 선명한 손짓을 한다

난 여전히 세상을 향해
걸음마를 떼는 어린아이가 된다.

까끔살이*

나 어릴 적
목동에 살았지
하늘에 닿을 듯 키 큰 소나무가
온 동네를 품에 안고
띄엄띄엄 초가집 몇 채
엄마 품처럼 아늑하고 따스한 마을이었지

빨래터에 모인 아낙들의 엉덩이처럼
둥글고 너그러운 마을
온종일 비추이던 밝은 햇살 아래
참 평화로운 마을이었어

도무터에서 목동으로 내려가는 길목
깔끄막* 아래 우리는 까끔살이 터를 잡았어
사금파리를 주워 모아 부엌살림을 차렸지
너는 아빠
나는 엄마가 되어
지는 해를 노래했지

그때도 난
쉬지 않고 밥을 지었어
지금의 나처럼.

* 까끔살이: '소꿉놀이'의 전라도 사투리
* 깔끄막: '비탈길'의 전라도 사투리

꼬꼬할매

어릴 적 오일장이 서는 시장통 입구
거기서 처음 본 꼬꼬할매
얼굴은 거무스름
헝클어진 낭자머리
누더기는 해질 대로 해졌고
비뚤어진 입가엔
알 수 없는 미소가 머물고
방언 같은 말들은 공중으로 흩어졌지

철없는 아이들은 할매를 놀리며 욕하고
침을 뱉곤 도망치며 즐거워했지
어린 난 한없이 마음이 아팠지

며칠 뒤 다시 본 할매는 더욱 휘어진 허리
사나운 말들이 입가에서 요동쳤지만
난 두렵지 않았어
내게도 구부러진 구십의 할매가 있었거든

버스도 없던 그 시절

이른 아침 등교 전
엄마 몰래 신작로 옆 우리 집 과수원에 들러
잘 익은 복숭아 두 개를 따서 책가방 속에 숨겼어
하교 후
할매가 사는 오두막집으로 갔어
"할매, 할매"불러도 대답은 없고
먼지 낀 툇마루에 가방을 내려놓고 할매를 기다렸지

지루한 기다림의 시간
드디어 낡은 고무신이 골목으로 들어서는 소리
할매 허리춤에서 덜렁대는 동냥 주머니는 쭈글쭈글
할매의 얼굴처럼 낡고 작아 보였지
오두막으로 들어서던 할매
내 얼굴을 보며 검은 미소를 보였지
순간
마음보다 먼저 움직인 내 손이
잽싸게 책가방을 더듬어
수줍은 복숭아를 꺼내
때꼬장물 묻어나는 할매 손에 쥐여 줬어

아이처럼 환해진 할매 얼굴
짜부라진 할매 짝눈에서 검은 눈물이 흘러내렸지

꼬꼬할매,
저승에서는 동냥 가방 벗었는지요
그리운 복숭아 향기 한 줌 남아 있을까요?

내 고향 칠거리

대산 양사동 꺼저꿀 정동 덕천 성남 무장

갈래갈래 일곱 갈림길
누가 붙였을까 그 이름 칠거리

아카시아 향을 베어내고
그리스도의 향기로 세워진 작은 교회에는
삐드렁니 전도사님의 기도와 땀으로 소망이 꿈틀대고

뱀들의 천국인 뱀 집에는
생사탕이 피어나고

과수원의 봄날엔 복사꽃이 춤추고
말괄량이 소녀의 꿈이 하늘을 날아
꿈속의 왕자님을 부르고

소녀는 숨바꼭질하던 울창한 숲과
과수원에 그녀의 발걸음 소리만 남긴 채
왕자님을 찾아 떠나갔어요.

동행

신호등 앞에서
강아지와 주인을 만났다
분명 주인이 줄을 쥐고 있는데
강아지도 입으로 그 줄을 꼭 문 채 뛴다

신호등이 바뀌자
둘은 나란히 발을 떼었고
더 놀라운 건
신호등을 건너는 내내
강아지는 주인에게서 눈을 떼지 않는다는 것
그러더니
보도 위에 발을 올린 순간
강아지는 입에 물었던 줄을 가만히 놓고
눈길도 함께 내린다
그제야 강아지의 입에서 흐르는 침
거친 숨소리
그 짧은 걸음걸이
얼마나 힘든 여정이었을까

그러나
이것이 동행이다
따스한 동행
뜨거운 눈빛으로 이어진 줄
서로를 놓지 않는 깊은 마음
누구도 끊을 수 없는
강아지와 주인의 깊은 유대가
가슴을 울린다

인간 사이에서 피어야 할 동행이
강아지와 사람 사이에서 더욱 빛난다면
이 시대를 살아가는 우리에게
그것은 특권일까, 아픔일까.

안마

언니는 칠십이 내일 모레래요
언니는 어릴 적 돌팔이 의사의 주사 한 방에
언니의 오른팔은 더 이상 자유롭지 않게 되었어요

언니의 옷장엔
아무리 예쁜 옷도
반팔이면 걸릴 수가 없어요
소매는 늘 7부 이상이 되어야 했어요

나이를 먹으며
삭신을 달래려 안마소에 갔어요
세상이, 나라가 좋아져서
나이든 사람들에게 안마를 받을 수 있게 해준대요

언니도 나이를 먹으니
좋은 일도 생기네요

불편한 팔을 애써 움직이며 살아왔어요
그러다 보니 멀쩡한 팔도 아팠어요

원래 아픈 팔과
그 팔을 대신해 무리한 팔
둘 다 아파서 안마를 받으러 갔어요

그런데
눈 먼 안마사의 손은
언니의 아픈 팔을 잘도 보나 봐요
그들의 손길은
언니의 아픈 팔에 손도 대지 않았어요
왜일까요
언니는 그들의 마음을 알 것도 같고
모를 것도 같아

그러던 어느 날
언니의 얼굴에 햇살이 떠올랐어요
그날 안마를 해준 기원장님이
언니의 아픈 팔을 조심조심 어루만졌대요

칠십 년을 견뎌온 팔

처음으로 대접을 받았다고
언니는 눈물이 났대요
행복해서요
고마워서요

그 말을 듣는데
문득 나 자신을 돌아보았어요
나도 혹
언니의 아픈 팔을
외면한 적은 없었을까?

우정이란 난로

37년 동안 우정을 나눈 이를 만났죠
살을 에는 추위가 옷깃을 잡아끄는 날에

숨겨둔 미소들이 수수께끼를 풀 듯
커다란 웃음소리가 되어
누런 이를 활짝 드러내며 쏟아져 나왔어요

시간이 쏜살같이 흘러
찬바람이 아랫도리를 파고드는 순간
다시 전주역 광장에 섰어요
Bye bye를 열 번 외치고서야
역전 구내를 향해 걸었어요

서울 행 기차를 타러 3번 플랫폼에 섰는데
사정없이 무릎이 흔들렸어요
그런데 이를 어쩌죠
친구 몰래 난로 하나 품고 와버렸으니.

짐받이 자전거

아홉 형제자매 중 막내딸
중학교 2학년 소녀는
학교가 끝나면
지친 발걸음으로
십 리 길을 걸어
양계장의 닭들이 기다리는 곳으로 간다

알을 낳고 배고픈 닭들
사료 한 줌에 달걀을 포기하는 닭들

닭들 몰래 달걀을 모아
서른 개씩 판에 담아
달걀 열다섯 판을
아버지의 짐받이 자전거에 싣는다

아버지의 짐받이는
무겁고 커서 말을 잘 듣지 않으나
소녀는 두 손으로 핸들을 꼭 쥐고
달걀이 흔들릴까

자전거가 넘어질까
불안한 마음으로
어둠이 내리기 전
덜컹대는 비포장 신작로 위를 달린다

십 리 길을 달려
멀리 번지는 마트의
노란 백열등 불빛이 환하게 손짓한다
긴장으로 굳은
소녀의 어깨가 살짝 풀린다

불빛 아래
달걀을 하나씩 세어 본다
한 개도 깨지지 않았다
억수로 운수 좋은 날이다

이제는 양계장도
달걀 배달도 하지 않는데
지금도 마트에 나가

손에 잡히는 달걀마다
초란 중란 대란 특란 쌍란
크기도 재고 무게도 가늠한다
짐받이 자전거를 타던 그 시절처럼
여전히 나는 삶의 무게를 손끝으로 느낀다.

어려 보인다는 말

First Citizens 은행 창구에서
햇살처럼 환한 얼굴에
미소까지 사랑스러운 여자를 보았다

"당신 정말 어려 보여"
내 말에 그녀가 웃으며 답했다
"열여섯 때는
그 말이 싫었어요
하지만 스물다섯,
이제는 참 좋아요"

동안이라는 말
동서양 어디에서나
작은 행복을 안겨주나 보다.

하늘호수와 용연

하늘이 샘을 낸 걸까
아니면 땅이 품을 수 없는 사랑을 주려 한 걸까

그 아침
하늘의 허락을 받아
바람의 입을 막아버린 구름이
푸른 하늘 가득
지치도록 네가 좋아하던 숨바꼭질을 하더라

하늘나라에서 심부름 나온
꼬리 긴 하얀 별이
땅을 향해 미끄럼을 타고
여덟 해 동안
이 땅에 맡겨 둔
아기천사인 너를 찾아 나선 걸까

고요한 숨결만 남아 있던 공기가 노래하고
이름뿐이던 수많은 무덤이
일어나 아지랑이와 함께 춤을 추었어

별을 부르는 하늘의 소리가 들리고
하늘에 작은 문이 열렸지
너의 이름처럼
용이 된 일곱 색깔 풍선이
대낮에 나타난 꼬리 긴 하얀 별을 따라
푸른 하늘 호수를 향해
일제히 날기 시작했어

그때
온유를 가장한 하늘호수는
기다렸다는 듯
하얀 별과
일곱 색깔 용을
꿀꺽, 꿀꺽
다 삼켜버렸어.

뒤돌아보지 않는 너에게

세월아
너에게도 가야 할 길이 있는 거야?
왜 자꾸만 앞으로 앞으로 달려가기만 하는 거야
뒤를 돌아보지 않고
바람처럼
기차처럼
어딘가로 질주해 가는 너

누군가 널 부르고 있는 거야?

가지 말라고 손을 뻗어도
너는 내 손끝을 스쳐 가 버리고
달빛 속 먼 길을 향해
점점 희미해져 가네

한 번만 뒤돌아보지 않을래?
누군가 널 부르고 있어
너도 언젠가 멈춰 서고 싶을 때가 오겠지?

그날 이후, 내 손은

수줍던 대학 1학년
처음으로 소개팅에 나갔다

남자 넷
여자 넷
어색한 미소가 공기 되어 떠돌고
남자들도 수줍긴 마찬가지였다
그들 또한 소개팅이 처음처럼 보였다

서로서로 돌아가며 소개를 하는데
기다랗고 하얀 예쁜 손을 가진 내 친구
흐음~ 하고 입을 뗐다

그 예쁜 손을 탁자위에 얹자
더욱 돋보이는 우아한 손가락
어떤 남자가 말했다

"손이 참 예쁘네요."

하얀 이를 드러내며 웃던 내 친구
그 순간
친구의 눈길이 내 손으로 스쳤다
그와 동시에 남자들의 시선이 내게로 쏟아졌다

순간
내 두 팔은 얼음 조각이 되어
탁자 밑 깊숙이 가라앉았다

마른 몸에 솜방망이 같은 손,
늘 친구들의 놀림감이 된 내 가여운 손

세월이 흘러도 그날의 충격은 사라지질 않았다
그 어떤 남자라도 그들 앞에만 서면
나는 손을 호주머니에 넣거나
남들의 시야에서 보이지 않는 곳으로 숨겼다

꽃다운 시절
아무리 멋진 남자가 손을 내밀어도

나는 손을 잡지 못했다.
못생긴 너
결국 나를 가두고 말았구나.

공포의 귀가길

캘리포니아의 엘에이에서 비행기를 탔다
고단했던 몸은 나사가 풀린 듯 스르르
깊은 잠에 빠져들었다

잠시 후
어? 누군가 내 목을 조르는 듯
숨결은 갈피를 잡지 못했다

눈을 떠보니
산소마스크의 줄들이 요동을 치고 있다
천국과 지옥의 문턱을 넘나드는 찰나
좌석에 붙들려
공포의 숨을 내쉬는 그 순간이 억겁으로 다가왔다

괴물처럼 날뛰던 비행기를 달래지 못하여
라스베가스에 불시착

몸 밖으로 튀어나올 것처럼
심히 널뛰던 심장을 달래어

세 시간의 휴식을 취하고

얌전한 새 비행기를 만나
다시 집을 향해 다섯 시간을 날았다

RDU에 도착하니 캄캄한 밤
하루를 지옥행 비행기에 매여 지내고

드디어 집으로 돌아가는 길
마음엔 풍선이 백 개쯤 매달려 날고 있었다.

안데스의 밤

마추픽추에서 쿠스코로 돌아오는 길
중형버스 창가에 기대어 누운 어린 아들이
낯선 어두움 속에서 말했다

"엄마,
별들이 너무 징그러워요
유리창에 잔뜩 붙어 있어요
손을 대면 다 딸 수가 있을 것 같아요"

아이의 말을 듣고
창밖을 바라보았다

고도가 높아서였을까
아이의 말처럼 별들은 손에 닿을 듯
우리들 곁으로 내려와 있었다

구름도 마찬가지
한 발짝만 뛰어올라
두 팔을 펼치면

안데스의 밤하늘에 융단처럼 드리운
구름 몇 조각쯤 품에 안을 수 있을 것만 같았다

그날 밤
안데스의 밤은
우리와의 경계를 허물고
너무나 맑은 모습으로 우리 곁에 있었다.

누룽지의 마음

고슬고슬한 흰밥을 지어
엄마의 주물 솥단지 대신
와플 메이커에
갓 지은 흰밥을 조심스레 펼치고
힘껏 뚜껑을 닫아
15분의 기다림 속에
올록볼록 동그랗고 예쁜 누룽지가 탄생해
거기에 고소함은 덤으로 쌓이지

이역만리 자식 그리움에 숨이 깊어지는
주름 가득한 엄마를 위해 준비한 누룽지
먼 도시로 찬란한 꿈을 안고 떠난
내 자식을 위해 준비한 누룽지

내 어린 시절 아픈 날이면
나의 엄마가 그랬듯
엄마의 마음이 되어
내 아이들이 아플 때면 누룽지를 끓여주었지

내 정성이 깃든 누룽지가 비행기를 타고
노모의 밥상에 오를 때
그리움과 사랑의 향기로 피어나길

내 자녀들이
하루하루 지치고 낙담할 때
따스한 누룽지 한 그릇이
엄마의 간절한 기도의 향기로 피어나길.

그때 그 맛

먹고 또 먹고
별의별 것 다 먹는다
포장마차 뜨거운 김 속 번데기
어릴 적 호기심에 씹어 본 굼벵이
쓴맛 가득한 한약 냄새 나무뿌리
입안에서 바삭거리는 나뭇잎까지

그런데
요즘 사람들은 제일 먹고픈 게
추억인가 보다
머릿속엔 옛날이 떠오르고
입맛은 어릴 적 그 맛을 찾는다

그래서
쫀득쫀득
쫀드기가 다시 태어나고
달콤달콤
달고나가 부활하고
한입 베어 물면

엄마 생각 나 미소가 지어지는
그 시절 떡이 돌아온다

세월이 흘러
우리 아이들이 어른이 되면
어떤 맛을 기억하며 미소 지을까?

3부
꽃게 대신 장어

겨울나무

겨우내 시리다고 울어대더니
온몸을 드러낸 채
부끄러운 듯 혼자 서 있구나

숨바꼭질하듯 너의 온몸을 타고 오르내리던
장난꾸러기 다람쥐도
놀이터를 잃고 떠나버렸다

이제 어서 옷을 입으렴
대문 앞에 기다리던 봄이
너를 두고 도망치기 전에.

꽃 몸살

늦깎이의 졸업식
여기저기에서 받아 품에 안은 꽃다발로 봐서는
당연히 수석이겠다
태평양을 건너온 꽃 한 아름에
향기까지 더해져
사진마다 성대한 꽃 잔치가 펼쳐졌다

꽃들은 하루 종일
안겼다가 버려졌다가를 반복하며
기쁨과 슬픔을 온 몸으로 견뎌야 했다

그러다 스스로
고개를 꺾었다

꽃은 몸살을 앓았다
아파도 이렇게 아플 수가 없다
주인의 품안에서 도망치고 싶었지만
물 한 모금이 간절해
그저 참아야만 했다.

해야 숨어라

해야 숨어라
꼭꼭 숨어라

동그란 식탁 같은 붉은 해가
서쪽 하늘을 가득 채우네
가까이 다가가려
가속 페달을 쉬지 않고 밟아보네

해는 숨네
잘도 숨네
숨어라 숨어라
해야 숨어라
숨어라 숨어라
숨바꼭질 해보자

해의 검은 머리카락이
어둠 속으로 흘러내려
구름을 감싸 안고 잠이 드네

별빛이 하나둘 반짝이며
달빛은 땅을 어루만지네
가까이 닿으려
길 위를 서둘러 가네

해도 자동차도 잠든 고요한 시간
나의 자동차 불빛만이 강물처럼 흐르네
하이웨이의 자장가처럼.

꽃게 대신 장어

바닷가 물결의 손짓 따라
우리는 꽃게를 꿈꾸며
그물망과 뜰채, 닭다리 등
완벽하게 준비를 했지

설레는 맘으로
바구니 안에 닭다리를 묶어
가만히 바닷물에 담갔지
어서 와라 꽃게야

미세한 손놀림에도 귀신같은 꽃게
혹시라도 딴 맘 먹을까봐
초스피드로 바구니를 들어 올리는데
"잡았다!"
들썩이는 바구니 속엔
꽃게가 아닌 장어
포식을 하다 날벼락을 맞은 시커먼 장어는
도망치려 미끄러운 몸을 요리조리
순식간에 물 밖으로 끌려 나온 장어

뜻밖의 만남에 심장은 벌떡벌떡

장어 널 데리고 집으로 돌아오는 길은
그 어느 개선장군이 부럽지 않았지

다음 날
너의 삶이 온전히 내 식탁에 놓였어
마음 한 구석에 미안함이 있지만
나에겐 오래오래 행복했던 순간으로 남을 거야.

달맞이

팔월 한가위 밤
대서양 바닷가 오리엔탈에 피어에 서서
고운 달님을 기다립니다

기다림은 파도처럼 밀려와
모래밭을 적시고
바람은 달그림자를 실어 나릅니다
달님은 언제나 그 희고 고운 얼굴 보여주시려나
기다리는 시간은 길어만 갑니다

바다는 깊은 숨을 삼키고
별빛은 소리 없이 길을 내어줍니다
고운 얼굴 어찌 그리 수줍을까요
구름 면사포 쓰고
은빛 눈썹을 살짝 드러내고
하얀 미소를 보내옵니다

달님
부끄러움은 어디로 갔나요

달무리를 휘하에 거느리고
바다 위 하늘을 달빛으로 가득 채웁니다
잔잔한 물결
고운 얼굴
내 마음도 달빛으로 물들어 갑니다.

물망초 꽃

밤새 긴 잠을 자던 여명이
나른한 기지개를 켜고
발그레한 얼굴을 내어놓기도 전
단 하나 너만이 세상을 황홀하게 밝혀줬어

울 언니 쇠고집에 끌려 나가
비몽사몽 새벽예배를 마치고
시골 교회당 앞마당을 지나던 그때
나의 발걸음을 사로잡는 널 보았지

교회 담벼락 밑 조그마한 화단
방울방울 맑은 물방울을 달고
수줍은 듯 고개를 숙이던 너
어둠이 사라지기 전
보랏빛 밝은 얼굴로
나를 기다려주던 너

그날 이후
나는 이국땅에서

수많은 새벽과
셀 수 없는 계절을 보내고 있건만
지금도 너는 어느 담벼락 아래 화단에서
여전히 고운 모습 단장하고 피어 있을 것만 같아

어린 그 시절
나는 매일 새벽 너를 향해 걸어갔고
지금의 나는
그때의 나를 향해 발걸음을 재촉한다.

다시마의 여정

바다에서 태어나
파도를 친구 삼아
바다의 품에서 흔들거리던 너
어느 날 어부의 손에 이끌려
평생 살아온 바다를 떠났네

어부의 앞마당 신작로에 일자로 누워
햇살에 젖은 몸을 말려
긴 머리 빗질하듯 가지런히 정리하여
얌전히 플라스틱 봉투 속에 담겼네

한 번도 배를 타본 적 없는 네가
트럭에 실려 길 위를 달렸지

단정하게 건어물 가게에 누인 너
"싱싱한 다시마 사세요!"
누군가 외칠 때마다
너는 혼자 속삭였지
싱싱하다니

이렇게 바짝 마른 내가
검게 빛나던 윤기마저 잃어버린 이 모습이
나는 이제 바다를 잃은 다시마인데

하지만 어떤 이가 네 안의 바다를 보았어
손끝으로 너를 만지며
망가질까 조심스레 달래가며
멀고 먼 하늘 길에 태웠어

물이 아닌 하늘을 날아 도착한 곳
새로운 공기
새로운 바람
그곳에서 널 반기는 이 있었지

반짝이는 스테인리스 냄비 속에
마르고 지친 몸이 담겼어
뜨거운 물결이 너를 감싸 안았을 때
스미듯 퍼지는 바다 향기
물결을 따라 춤추던 그때

너는 그제야 알게 되었어
바다는 여전히 네 안에 잠자고 있었음을
동해였을까
서해였을까
남해였을까
멀고 먼 길을 떠돌아 왔지만
결국 다시 돌아온 물속
네가 돌아갈 곳은 언제나 바다였음을
이 뜨거운 물속에서 영원한 안식을 누리기를.

바람

나도 마음이 있어요
꽃잎을 향해 질주할 때는
열정으로 가득 차 있고요
막다른 곳에 이르면
오히려 아픔이 스며들어요

끝없이 달려 나갈 것 같지만
언젠가 사라질 나를 기억해줘요
나는 강풍이 되어 꽃을 꺾어버리기도 하고
때론 미풍이 되어 꽃 주변을 맴돌다
잠이 들기도 해요

내 삶의 마지막은 꺾인 꽃보다 더 아릿합니다
다시는 되돌아올 수 없는 존재이기에
그래서 한없이 슬프기만 합니다.

목련의 흔적을 찾아서

열여덟 살 생일 아침
방문을 두드리는 가느다란 휘파람 소리에
가만히 문 열어 당신을 보았죠
그날 이후 당신은
환한 미소로 나의 아침을 깨우고
매일 밤이면 사랑의 세레나데를 들려주었죠

당신은 사랑의 파수꾼이 되어
밤새 눈도 감지 않고
나의 방문 앞을 지켜주었죠
어둠 속에서도 곱고 우아한 자태를
간직한 채 말이에요

난 미처 몰랐어요
그토록 사랑스러운 당신을 두고
이렇게 먼 이국의 땅으로 떠나오게 될 줄을

그리고 세월은 우릴 기다려 주지 않았죠

오늘 난 이 낯선 땅에서
그 옛날 나의 연인
당신과 마주하게 되었답니다
그런데 야속한 세월이여
당신은 참 많이도 변했군요

내가 알지 못했던 당신의 성급함
그 환한 미소와 우아함은 어디로 사라졌나요
참으로 초라한 모습으로
무심히 날 바라보는 슬픈 당신이여

열여덟 살
그날 만났던 당신의 모습을 그려 봅니다.

어항 속의 침묵

대로변 수족관엔
도다리 무리가 산다
켜켜이 포개져 숨죽이며
서로의 살 냄새를 맡는다

물결은 멎었고
달빛도 닿지 않는 바다
좁디좁은 유리 감옥 속에서
목숨 줄을 부여잡은 채
서로의 체온을 나눈다

누군가 다가오면
물결보다 먼저 떨리는 비늘
어느 날
누군가는 떠나고
누군가는 남아
홀로 살아남는 것이 더 두려운 밤

이렇게 함께 있으니

죽음도 덜 외로울까
서로의 몸을 맞대고
마지막 사랑을 싹틔운다.

빗속의 붉은 여우

비가 내리는 파타고니아
모레네 빙하 휴게소
젖은 털을 늘어뜨리고 붉은 여우가 나타났다

일제히 쏟아지는 시선에도 아랑곳없이
어슬렁어슬렁 인간들의 발걸음에 맞춰
요리조리 화단을 맴돈다

혹시나 인간의 가방 속에서
한 조각의 빵이 떨어질까
움켜진 손끝에서 부스러기라도 흩날릴까
부지런히 인간에게 눈빛을 던지고
희미한 기대를 주워 담는다

옛이야기 속 교활한 붉은 여우는 어디로 갔나
모레네의 붉은 여우도
모레네의 여행객도
그저 서로를 응시할 뿐
어떤 몸짓도 교환하지 않는다

그들은 서로 다른 언어를 품은 채
잠시 스쳐 가는 여행객일까.

밤 마실

비가 내리고
바람이 분다
20살 먹은 트럭을 달래가며
오리엔탈 피어와 마주한 이른 저녁

잔잔한 어둠 속에서
파도는 쉼 없이 노래하고
물결은 우릴 향해
차알랑차알랑 작은 몸짓을 한다

속살이 하얀 닭다리가
얕은 바닷물 속에서 춤을 춘다
혼신을 다해 꽃게를 유혹하는 중이다

오늘
우리는 가장 젊고
가장 자유롭다
꽃게는 닭다리에게 맡기고
우리는 바다와 함께 밤을 마셔보자.

밤바다의 하늘 잔치

밤바다 하늘 위
세상의 모든 별들이 모였어요
잔치가 열렸나 봐요
은하수는 우윳빛 드레스를 입고
반짝이는 별들이 춤을 추네요

밤바다 게잡이의 눈이
자꾸만 하늘 잔치에 머물러요
하늘에선 무슨 일이 벌어질까
별들의 결혼식이 열린 걸까?
은하수가 고운 길을 놓은 걸 보니
곱고 하얗고 반짝반짝 빛나는 하늘 잔치

별들아
모두모두 모여라
밤바다의 게잡이도 손을 든다

우리 함께 하늘 잔치 구경 가자!

모레네 빙하가 울다

아르헨티나 파타고니아
칼라파테의 페리토 모레네

모레노를 처음 만난 순간
그는 얼음산 절벽 끝자락에서
나를 바라보았다
그는 단지 차갑고 커다란 얼음덩이라 생각했는데
그 안에 비취빛 신의 미소가 담겨 있었다

눈부신 장관 앞에서
어릴 적부터 입에 붙었던 찬송가가
입술을 열고 흘러나온다
모레네의 경이로움에 매료된 가슴이
노래를 불러왔다
"참 아름다워라 주님의 세계는"

이별의 시간이 다가오자
빙하는 멀리 설산에서 불어오는 작은 바람에
균열을 내더니

부스러진 얼음 조각이
햇살 아래 반짝이며 강물로 떨어진다

그대도 슬펐나요
하염없이 녹아내리는 몸을 부여잡고
흘러가는 강물 속에서
또다시 흐르는 눈물을 보며
침묵해야만 했나요

첫 만남과 이별
이미 예견된 마지막이었을까
부슬부슬 떨어지는 눈물
부드럽게 무너지는 모래네야
울지 마라
너의 눈물이 멈춘다면
우린 다시 만날 수 있을지도 몰라.

할미꽃

아흔 해를 채우고
세상과 이별하신 우리 할머니

어느 봄,
무덤 앞에
허리를 깊이 숙인
자줏빛 꽃이 피어났습니다

신기하기도 해라
어쩌면 살아생전 할머니의 모습을 그리도 닮았던지요

해마다 봄이 오면
할머니 무덤가에 그 꽃이 피어날까요
할머니 그리운 날이면
할머니 대신 그 꽃을 만나러 갈까요

전설 속 할미꽃은 슬픈 이야기를 품고 있다지만
나는 그 꽃을 보면
할머니를 만나는 듯 설렙니다

무덤 속에 계신 할머니가
그리운 손녀를 만나러
봄마다 나오시나 봅니다.

봄을 삼킨 여름

봄꽃이 눈을 비비고
초록 물결 위로 숨을 고른다

그러나 성급한 여름은
한달음에 달려와 봄의 어깨를 밀쳐버린다
결국 봄은 풀이 죽어 사라졌다

부지런한 주인이
밤낮으로 보살피던 어린 싹들은
무거운 숨을 몰아쉬다
끝내 땅에 스러졌다

쓰러진 어린 싹들을 품에 묻고
새 생명을 들여왔다

아뿔싸!
며칠을 기다리지 못한 여름은
또다시 봄의 경계를 허물고
어린 싹들을 괴롭히러 들이닥쳤다

이 알미운 계절을
어찌하면 좋을까요?

팜트리

캘리포니아에서 만난 팜트리
길쭉길쭉
아슬아슬
높이높이
잘도 서 있네

바람이 불어오면
바람 따라 흔들리다가도
다시금 꼿꼿이 일어서네

한낮의 작열하는 태양 아래
하늘 높이 푸른 잎 펄럭이며
바람의 숨결을 머금고 서 있네

비가 오면 오는 대로
바람이 불면 부는 대로
휘청이는 듯 보이지만
절대로 쓰러지지 않네

그 뿌리는 어디까지 뻗어있을까
한 줌의 흙을 움켜쥐고
저 높은 하늘로
끝없이 손을 뻗는 나무여

나는 저 나무를 보며 생각해 본다
휘어질지언정 결코 꺾이지 않는 마음을
거센 바람에 흔들릴지언정 쓰러지지 않는 삶을.

때의 독백

나는 누구의 바람도 없이 태어났다
몸 구석구석에 자리를 잡고
기생충처럼 붙어 살았다
세월을 함께 보내며
나도 살 중의 살이요
역사로 자리했다

그러던 오늘
나는 노란 장판이 깔린 수술대 위에 눕혀졌다
마취도 없이 내 살이 벗겨졌다
한 겹
두 겹
세 겹
비명도 지르지 못한 채
덩어리로 뭉쳐져 수술대 바닥을 굴렀다

수술로 고통스러운 나의 마지막 외침은
거품 섞인 물소리에 잠겼다

나는 하얀 타일 벽에 가 붙었다
핏자국 대신 땟자국이 남았다

그리고
기나긴 수술이 끝났다
잔뜩 흐려진 거울 속에서
환자가 웃는다
한 겹 더 벗겨볼까?

방구소리

3000번 버스를 기다렸다
멀리서 당당하게
빨간색에 검은 띠를 두른 버스가 다가온다

카드를 꺼내 들고
발끝을 보도블럭 너머로 내민다

아뿔싸!
7770번 버스네
훅
얼른 몸을 뒤로 물린다

뿡!
약 오른 버스가
삐딱하게 뒤돌아가며
제대로 한 방 남겨두고 가는
지독한 방구소리이다.

4부
깊은 밤을 지나 흐르고 쏟아지는 은혜

깊은 밤을 지나 흐르고 쏟아지는 한없는 은혜

모순덩어리
부족한 엄마인 나에게
하나님은 아이들의 숨결 속에
은혜를 가득 채워 부어 주셨다

나는 특별한 것 없는 엄마였고
그리 살가운 엄마도 아니었는데
내가 무엇이기에
이 폭포 같은 은혜를 받았을까

지난 세월,
내 아이들에게 던져진 말들은
바람처럼 지나가지 못하고
내 가슴에 못이 되어 박혔네

억울함이 뼛속을 태우던 시간
그러나 그 모든 것이
이제는 맑은 강이 되어
흐르고 흘러

우리의 상처를 씻어 주네

이 폭포 같은 은혜를 기억하며
나는 더욱 정직하게
흔들리지 않는 믿음으로 걸어가리

내가 가진 것을 나누고
내 입이 아닌
먼저 타인의 배를 채우며

자만하지 않고
묵묵히 내 삶을 그려 가리라.

다시, 숨 쉬다

수많은 날
불을 지피지 않은 굴뚝에서
지독하게 피어오르던 잿빛 연기
그것은 칼끝 같은 바람이었고
구들장 아래 짓눌린 무거운 시간의 흔적이었다

소리 없이 몸속으로 스며든 재들은
이유 없는 불꽃의 울음이었고
그 울음은 검은 그림자가 되어
내 안에 단단한 뿌리를 내리고야 말았다

하지만 그 안에서도
봄은 찾아오고
재들은 눈물이 되어 봄 개천가로 스며들었다
재들이 뿌리내린 것은
소멸인 줄 알았던
그러나 다시 피어나는 새싹

오늘
나의 숨결은 투명하고 가볍다
고통으로 얼룩진 기억의 그림자는
이제 내 발 아래 엎드렸다

나는
자유롭다
이 자유는
잿빛을 딛고 싹튼 나의 생명이다.

소녀와 교회당

고향 집 뒤편 신작로 곁에 자리한
회색빛 울퉁불퉁 시멘트 교회당
삐드렁니 전도사님의 주님께 목숨 맡긴 열정으로
높이 올라선 십자가 종탑

주일 아침이면
종탑의 스피커 타고 흐르는 차임벨 소리가
논밭에서 바쁜 농부들의 귓가에 가 앉는다
어떤 이는 농한기의 한때라 했고
또 어떤 이는 팔자 좋은 놀음이라 했다.

이름 모를 여자 복음송 가수의
청아한 목소리와
나지막한 찬송 소리는
시골 소녀로 하여금
신세계로의 여행을 시켜준다

칠흑같이 어두운 새벽길
언니와 둘이서 찾아 나선 새벽예배

내 주를 가까이 하게 함은…,
꾀꼬리 흉내 내어 불렀던
그 찬송가는 지금도 입가에 맴돌고 있다.

허무

흙은 허무라네
허무는 흙이라네
하나님은 허무를 빚어
인간을 만드셨다네
허무한 흙덩이에
생기를 불어넣으셨네

그러나 인간이 하늘에 닿으려면
허무를 넘어야 한다네
허무를 품은 채 살아간다면
하늘을 우러를 수 없다네

참된 축복은
하늘이 허락한 허무로부터의 자유

인간아
허무를 극복하여라
그렇지 않으면
삶의 가치를 논할 수 없다네.

Give Back

우리의 물질
우리의 시간
우리의 달란트

모두 다
하나님께서 빌려주신 거래요
이 땅에 사는 동안
흠 없이 사용하다가
하늘나라에 입성할 때
돌려드려야 해요

우리의 것이 아닌데
내 아이가 태어나는 순간부터
내 것인 줄 알았어요
내 노력이 만든 거라
생각했어요

미안해요 하나님,
당신이 빌려주신 모든 것,
잘 사용하고
온전히 돌려드릴게요.

검은 고양이 *

유리를 품은 검은 눈동자
검은 머리
검은 온몸
넌 태 안에서 먹물만 먹었나 보다

이른 아침,
살금살금 일어나 곱게 단장을 마치고
요염한 입술과 몸매를 뽐내며
미끄러지듯 부드러운 온몸으로
사랑을 구걸하곤 하지
그런 넌 정작 성의 정체성을 잃어버렸지
입양 오던 첫날부터 넌 내시였어

온몸이 검은 이의 머릿속은 무슨 색일까?
혹 생각마저 검은 건 아닐까?
그런 네가 오늘은 3층 난간에 앉아
가느다란 실눈으로
앙상한 겨울 숲을
하염없이 바라보는 거야

"언젠가는 저 낮은 곳을 향하여 날 수 있을까?"
비상을 꿈꾸는 너,
너의 이름은 나비.

• 미주문학 신인상 당선작, 2022년

일상의 길목에서 찾은 경이로운 시어들

– 이임순 시집 『엄마 안녕』에 붙여

김종회(문학평론가, 한국디지털문인협회 회장)

1. 경력 단절을 넘어선 재충전의 보폭

이임순의 원래 이름은 김임순이다. 주지하다시피 미국 시민으로 살면서 부군 이병석 시인의 성씨를 따른 결과다. 그의 향리는 미당 서정주의 시향詩香이 배어 있는 전북 고창이고, 지금은 미국 노스캐롤라이나주 그린빌이라는 도시에 거주하고 있다. 2022년 미주한국문인협회 신인상 공모에 시 부문 당선으로 문단에 나왔으며, 같은 해 워싱턴윤동주문예공모전에 수필 부문 당선으로 두 장르에 걸친 문인이 되었다. 현재위의 두 문학단체와 한국《시산맥》의 회원이다. 그 외에도 독서논술지도사이자 〈호텔 레스토랑 MBA〉와 〈티 소믈리에〉이

며, 유튜브 〈MamaLeecooks〉 및 〈다비다의 성경 읽기〉 운영
자다. 〈Heart of Korea〉라는 모임의 대표도 맡고 있으니, 그
활동 영역이 사뭇 넓고 다양하다.

　그가 이번에 상재上梓하는 첫 시집 『엄마 안녕』의 머리말을
보면, 30년 세월을 미국에서 살아온 감회를 먼저 적고 있다.
'누군가의 아내, 누군가의 엄마'로 살아온 지난날의 경력 단절
에 전혀 불만이 없어 보인다. 그리고 이제 그 역할을 충실히
감당한 후 '세상을 향해 날개를 펴기 시작'했다는 것이다. 이
와 같은 자기 확신과 근본에의 충실은, 곁에 있는 사람까지 행
복하게 한다. '글은 곧 그 사람'이니, 이 올곧은 품성稟性에 좋
은 시를 기대하는 것은 전혀 무리한 일이 아니다. 시인은 과감
하게 자신에게 '새로운 봄'이 찾아왔다고 말한다. 그의 곁에는
시인이며 디카시인이기도 하고, 그보다 앞서 한국국기원 공
인 9단의 세계적 명성을 가진 태권도 무도인 이병석 사범이
있다. 한결같이 사랑하는 남편이다.

　이 시집은 모두 4부로 구성되어 있고 각기의 부는 유사한
주제를 가진 시들로 묶여 있다. 모두 61편의 시다. 1부에서 시
인은 이제껏 자신이 마음을 다해 사랑해 온 사람들의 이야기
를 시로 썼다. 그 중심에는 언제나 '엄마'가 있고, 어떤 무엇과
도 바꿀 수 없는 가족들이 있다. 2부에서는 그동안 세상살이
의 여러 길목에서 겪은 사연들에 대한 그리움과 안타까움 같
은 감정을 담았다. 묵은 옛 얘기처럼 가슴에 묻어 두었던 옥
합을 연 셈이다. 3부는 시인의 가슴을 설레게 한 자연과 사물
들에 대한 시다. 감성이 예리한 시인에게 있어, 삼라만상 모

두가 시의 대상이라는 증표와 같다. 4부의 시들은 오래전 육
신이 연약하여 몹시 아팠던 시절의 기억들을 되살렸다. 위로
와 감사의 시편들이다. 이제 함께 그의 시 세계 속으로 들어
가 보기로 한다.

2. 사랑하는 이들에게 바친 뜨거운 연가

친인親姻이라는 어휘는 친족과 인척을 아울러 이르는 말이
다. 이들을 아끼고 사랑하는 것은 동서고금을 관통하는 인지
상정이다. 이 시집의 1부에서 볼 수 있는 이임순 시인의 가족
사랑은 놀랍고도 눈물겹다. 중요한 사실은 그의 이 사랑이 이
토록 뜨거운 까닭으로, 기독교인으로서 주위의 사람들을 섬
기는 정성 또한 놀라운 형국이다. 성경에서도 "네 이웃을 네
몸과 같이 사랑하라"(마 22:39)고 했던 터이다. 「엄마 안녕」
에서, 「엄마의 하늘」에서, 「별이 되신 당신께」에서, 「솔가지」
에서 애절하게 그리는 친정어머니, 시어머니, 아버지에의 추
모는 이 시인의 핍진逼眞한 내면을 잘 드러낸다. 그런가 하면
그 사랑은 어른과 아이를 두루 아울러 양방통행이기도 하다.

엄마의 이마 위에 작은 해고양이가 날아들었다
한 마리, 두 마리, 세 마리

어느 날, 그놈들이 더 날아왔다
이제는 눈가에도 앉고 입가에도 둥지를 틀었다

어느새 해고양이는 아홉 마리가 되었다

(중략)

엄마 나이 아흔쯤 엄마의 머릿속에도 해고양이가 날아
들었다
　도대체 이놈들은 얼마나 더 많아질 작정인지
　엄마의 삶은 해고양이를 품고, 기르며 결국 그들과 함께
떠나는 일이 되려나 보다

이제는 안다
　엄마의 해고양이는 바람을 따라 날아간 엄마의 인생이
었다는 것을

－「끼룩 끼룩, 해고양이」 부분

　시인은 엄마의 이마 위에 날아든 '작은 해고양이' 아홉 마
리를 보고 있다. 해고양이는 해묘海猫라고도 부르는 괭이갈매
기의 다른 이름이다. 일본에서도 바다고양이라 부르고 영어
권에서는 검은꼬리갈매기라 부르는데, 이름 그대로 고양이
울음소리 같은 소리를 낸다. 시인은 이 해고양이가 아홉 마리
나 엄마의 얼굴에 앉고 둥지를 틀었다고 한다. 그 어머니에게
서 아홉 명의 자식이 생산되고 성장하였으니, 이때의 해고양
이는 곧 자식들의 별칭이라 할 것이다. 이 시집 전반을 통틀

어서도, 이처럼 엄마의 인생과 그 얼굴에 수 놓인 해고양이의 이미지를 심층적으로 결부한 수발秀拔한 시가 쉽지 않다. 궁극적으로는 거기에 엄마의 생애를 한눈에 바라보는 시인의 절절한 사모곡思母曲이 잠복해 있다.

한 송이의 하얀 꽃처럼 유난히 희고 맑은 얼굴
열두 시간을 자고 일어나도 울지 않던 순한 아이

갓난아기 적부터 울음소리가 없던 너를 보며 나는 생각
했지
넌 노래를 부를 줄 모를 거라고

그런데 어느 날 추석맞이 노래자랑 무대 위에서
돛단배가 달빛에 실려 흔들리듯
너의 목소리는 밤하늘을 수놓은 은하수처럼 찬란한 선
율로 청중의 마음을 적셨지

(중략)

그렇게 너는 엄마에게 햇살을 머금고
바람을 막아주는 커다란 나무가 되었단다

힘들 때 제일 먼저 떠오르는 사람,
매일 기적처럼 잔잔한 기쁨을 안겨주는 너

넌 내게 세상에서 가장 다정한 별빛 같은 친구란다

내 딸, 내 강아지야!

- 「나의 강아지야!」 부분

친인의 사랑 가운데 더 강렬한 것은 '내리사랑'일 것이다. 대체로 이 사랑이 대책 없는 짝사랑인 경우가 다반사인데, 이 시인은 드물게도 자신이 공여한 사랑만큼 제대로 장성한 자녀들을 둔 성공사례에 해당한다. 인용의 시는 시인이 사랑하는 딸에게 보내는 찬사의 문면文面이다. 갓난아기 때부터 순하고 울음소리가 없던 딸이 어느 순간 엄마를 보살피는 '커다란 나무'가 되었으니, 인생사의 감동에 이보다 더 값있는 일도 드물 것이다. 시인은 그 딸을 두고 '내 강아지야!'라는 저 고색창연한 호칭으로 불러본다. 사정이 이러하니 문득 시인은, 아들에게 건넨 'You are my sunshine'이라는 팝송의 제목이 가족 구성원 누구에게나 적용될 수 있는 복된 날의 주인이다.

3. 가슴 속에 담아둔 미처 하지 못한 말

박태순이라는 작가가 남긴 소설집으로, 『가슴 속에 남아있는 미처 하지 못한 말』이라는 책이 있다. 이 책의 제목이 언표言表하는 사연이 없는 사람은 드물겠지만, 유독 이임순 시인에게 이 대목은 강한 울림이 되었던 듯하다. 2부에 수록된 시 가운데 고향과 그곳의 사람 및 사물들, 우정과 동행 등의 여러 절목이 이 국면을 환기하는 제재題材가 되고 있다. 「비와 그리움」에서는 그 모든 형상이 비의 모습으로, 「까끔살이」에서는 어린 시절 소꿉놀이의 기억으로, 「내 고향 칠거리」에서는 옛 모습 그대로 두고 온 고향에의 그리움으로 남아있다. 「뒤돌아보지 않는 너에게」는 어쩌면 유행가 한 구절처럼 세월의 뜻깊은 의미를 향해, 「누룽지의 마음」에서는 따스한 누룽지 한 그릇으로 곡진曲盡한 가족애를 향해 손짓하는 시를 볼 수 있다.

크고 못생긴 발을 가진 여자
예쁜 신발을 신어본 적이 없다며
혼자서 불만을 토해내고
신발 가게를 지날 때마다
자신을 세상으로 인도해준 엄마를 원망했다

어두운 객석
그녀는 뮤지컬을 보러 갔다
그때 발밑에서 둔탁한 움직임이 느껴졌다
그러나 신경 쓰지 않았다

뮤지컬이 끝나고 일어서는 여자
한발 앞서 걸음을 떼는 사람의 뒷모습이 어색하다

목발을 어깨 밑에 받치고 뒤뚱거리며 걷는 사람
빈 공간을 감싼 바짓가랑이만
허공에 스친다
앞 사람의 오른쪽 다리가 없다

－「그림자의 무게」전문

이 시의 화자가 시인 자신인지 아니면 어느 타자가 투영된
것인지 정확한 정보를 확인할 길은 없다. 그러나 우리 삶의
일상 속에서 우리가 가진 평범한 것들이 어느결에 기적적인
선물로 느껴지는 감동의 시간이 있다. 인용의 시는 그 순간을
압축된 시적 표현으로 매우 감명 깊게 전달한다. 화자 자신이
'크고 못생긴 발을 가진 여자'여서 그것 때문에 엄마를 원망
해 온 전력前歷을 고백한다. 그런데 뮤지컬을 보러 간 어두운
객석에서, 앞에 앉았던 여자가 오른쪽 다리 없이 목발로 일어
서는 광경을 본다. 그 광경의 목도目睹로 시를 마감했지만, 남
은 여백에 안도安堵와 감사와 반성의 감정이 충일하게 느껴지
는 참 좋은 시다.

37년 동안 우정을 나눈 이를 만났죠
살을 에는 추위가 옷깃을 잡아끄는 날에

숨겨둔 미소들이 수수께끼를 풀 듯

커다란 웃음소리가 되어
누런 이를 활짝 드러내며 쏟아져 나왔어요

시간이 쏜살같이 흘러
찬바람이 아랫도리를 파고드는 순간
다시 전주역 광장에 섰어요
Bye bye를 열 번 외치고서야
역전 구내를 향해 걸었어요

서울 행 기차를 타러 3번 플랫폼에 섰는데
사정없이 무릎이 흔들렸어요
그런데 이를 어쩌죠
친구 몰래 난로 하나 품고 와버렸으니

―「우정이란 난로」 전문

인용의 시에서 시인은 37년 동안 우정을 나눈 친구를 만났
다. 추위가 살을 에는 날 전주역 광장에서 친구와 헤어졌다.
'숨겨둔 미소들'이 수수께끼를 풀 듯 '커다란 웃음소리'가 되
어 '누런 이'를 활짝 드러내며 쏟아져 나왔다는 진술을 두고,
이 시인이 사태의 진면목眞面目을 읽고 이를 형상화하는데 만
만찮은 재능이 있음을 실감할 수 있다. 37년 우정의 친구와
역전에서의 만남을 해명하는데, 이토록 평이하면서도 절실
한 감성을 펼쳐 보이기가 쉬울 수 없는 것이다. 아, 또 있다.

136

서울행 기차를 타러 다른 플랫폼에 섰는데 '친구 몰래 난로 하나를 품고' 와버렸다고 한다. 에둘러 말하기로 이보다 더 확연한 우정의 값을 산출하기가 어렵겠다는 후감後感이다.

4. 자연의 경물에 대한 관점과 경외감

이 시집의 3부에 실린 시에는, 시인이 자연 환경에서 만나고 느끼고 또 시적 문장으로 치환한 경외의 감상들이 탑재되어 있다. 일찍이 한 시대 낙양의 지가를 올렸던 작가 이병주가 '미微에 신神이 있느니라'고 단언했듯이, 작고 소박하지만 조촐하고 품격있는 것의 소중함을 이 시인이 잘 알아차리고 있음을 증명한다.「꽃몸살」에서 '늦깎이의 졸업식'에 쇄도한 꽃잔치가 몸살을 앓을 때,「달맞이」에서 그 고운 얼굴 때문에 내 마음도 달빛으로 물들어 갈 때,「어항 속의 침묵」에서 수족관 도다리가 마지막 사랑을 싹틔울 때 이 도저到底한 삶의 방정식이 작동한다. 그런가 하면「할미꽃」에서 '아흔 해를 채우고' 가신 할머니의 추억이,「봄을 삼킨 여름」에서 '얄미운 계절'에 대한 원망이 청량한 노랫소리처럼 시의 결을 이룬다.

바닷가 물결의 손짓 따라
우리는 꽃게를 꿈꾸며
그물망과 뜰채, 닭다리 등
완벽하게 준비를 했지

(중략)

장어 널 데리고 집으로 돌아오는 길은
그 어느 개선장군이 부럽지 않았지

다음 날
너의 삶이 온전히 내 식탁에 놓였어
마음 한 구석에 미안함이 있지만
나에겐 오래오래 행복했던 순간으로 남을 거야

-「꽃게 대신 장어」 부분

　인용의 시는 바닷가에서 그물망으로 꽃게잡이 준비를 한 일행의 삽화다. 모든 준비를 하고 꽃게를 기다렸으나, 정작 바구니 속에 든 것은 시커먼 장어였다. '꿩 대신 닭'이 아니라 '어느 개선장군' 부럽지 않은 귀갓길이었고, 그다음 날의 식탁은 행복한 순간으로 남았다. 극히 평이하고 어디에서나 마주칠 수 있는 풍경이지만, 이 시의 행간을 채우고 있는 서사의 곡절마다 시인의 순후한 마음새가 감각된다는 것이 중요하다. 같은 물이라도 양이 먹으면 젖이 되지만 뱀이 먹으면 독이 되는 이치와도 같다. 이 모든 경과의 진행에 시인 혼자가 아니라 '우리'가 함께 있기에 더욱 그렇다. 마음이 고우면 천하 만물 모두가 고운 격이다.

열여덟 살 생일 아침
방문을 두드리는 가느다란 휘파람 소리에
가만히 문 열어 당신을 보았죠
그날 이후 당신은
환한 미소로 나의 아침을 깨우고
매일 밤이면 사랑의 세레나데를 들려주었죠

(중략)

내가 알지 못했던 당신의 성급함
그 환한 미소와 우아함은 어디로 사라졌나요
참으로 초라한 모습으로
무심히 날 바라보는 슬픈 당신이여

열여덟 살
그날 만났던 당신의 모습을 그려 봅니다

– 「목련의 흔적을 찾아서」 부분

목련은 주로 한국과 일본 및 중국에 자생하는 낙엽활엽교
목이다. 주로 백목련을 말하며 자목련도 있다. 미국 동부지방
에 자생하는 것은 버지니아목련이라 부른다. 시인은 자신의
'열여덟 생일 아침'에 방문을 두드리는 소리에 문을 열고 목
련을 만났다. 그 목련 가까이 살다가 바다 건너 이역만리 낯

선 땅에서 '옛날의 연인'을 마주한 것이다. 그런데 그 모습이 과거의 모습과 달라져서 가슴 아파한다. 열여덟 살 '당신의 모습'이 거기에 없는 것은, 시인 자신이 이미 그 나이가 아니기 때문이기도 할 것이다. 이렇게 세상 물정이 바뀌고 과거와 다르게 흘러간다. 일상적인 자연의 풍광에서 이 범박하면서도 강고强固한 삶의 문법을 읽어낼 수 있다면, 그는 시인이기를 포기할 수 없다.

5. 눈물의 기도와 새로운 생명의 점화

이 시집의 마지막 4부는, 그야말로 시인의 절박한 체험 위에 세워진 시의 집이다. 오래전에 생사의 경계가 위태로울 만큼 많이 아팠던 시인은, 이제 모든 어려움을 극복했으나 그 힘겨웠던 시기와 그로부터 치유 받은 은혜를 잊지 못한다. 그러기에 고난을 통과한 믿음이 참믿음이라는 언사가 있다. 존 밀턴은 험난한 시대를 깨어있는 정신으로 살았다 했고, 괴테는 눈물 젖은 빵을 먹어 보지 못한 자는 인생의 참된 의미를 모른다고 했다. 김현승의 후기 시에서 신에게로 복귀하는 눈물의 기도가 여기 이임순이 발화하는 눈물의 기도와 크게 다를 바 없다. 그리고 시인은 그 끝에서 새로운 생명의 불꽃을 점화했으며, 오늘날에는 시와 사람 모두가 밝은 빛이 되었다. 「다시, 숨쉬다」, 「허무」 등의 시편이 다 그렇다.

모순덩어리

부족한 엄마인 나에게
하나님은 아이들의 숨결 속에
은혜를 가득 채워 부어 주셨다

나는 특별한 것 없는 엄마였고
그리 살가운 엄마도 아니었는데
내가 무엇이기에
이 폭포 같은 은혜를 받았을까

(중략)

이 폭포 같은 은혜를 기억하며
나는 더욱 정직하게
흔들리지 않는 믿음으로 걸어가리

내가 가진 것을 나누고
내 입이 아닌
먼저 타인의 배를 채우며

자만하지 않고
묵묵히 내 삶을 그려 가리라

　－「깊은 밤을 지나 흐르고 쏟아지는 한없는 은혜」부분

하나님의 사랑 안에서 크게 고임을 받고 그때마다 그 사랑에 감격하였음에도 불구하고, '마음은 원이로되 육신이 연약한'(막 14:38) 인간은 자칫 은혜를 잊어버리기 쉽다. 심지어 언제 그것을 잊어버렸는지 모르는 경우도 많다. 한데 이 시인은 이 '한없는 은혜'를 돌에 새기듯 굳게 붙들고 있다. 항차 '아이들의 숨결 속'에 은혜를 부음 받았으니, 이를 원용하면 살아온 생애의 행로가 모두 그렇다는 뜻이다. 그래서 '폭포 같은 은혜'를 기억하며 '정직하게 흔들리지 않는 믿음'으로 걸어가겠다고 다짐한다. 이 시는 시 이전에 한 인간, 한 신앙인으로서의 모범을 유감없이 보여준다. 우리가 마음 놓고 그의 시와 삶에 찬사를 보내는 이유이기도 하다.

우리는 이제까지 모두 61편에 이르는 이임순의 시를 공들여 살펴보면서, 그의 시와 인간 그리고 인생의 모습이 우리에게 보내는 표정과 몸짓을 해석해 보았다. 무엇보다 기껍고 흔연한 것은 시 이전에 잘 다듬어진 결곡한 인품을 만날 수 있었고, 더불어 시와 삶이 일치하는 미덥고 조화로운 결과를 체득할 수 있었다. 한 시인의 세계에서 이와 같은 성취가 자연스럽게 형성되기는 결코 쉬운 일이 아니다. 그런 만큼 시인 자신이 진지하고 치열하게, 또 신앙의 규범을 지키며 살아온 과정을 시와 함께 목격할 수 있었던 것이다. 바라기로는 앞으로 그의 시가 더욱 일진월보日進月步하고, 그의 선한 영향력이 많은 사람을 흔쾌하게 해 주기를 간곡한 마음으로 바라마지 않는다.